詩集 ペトリコール

シエ Shie

七月堂

表紙画・著者

目次

ペトリコール

シャニダール

春
うさぎ
ピンクがかった
黒い眼

夏
カッパ
黄緑 みどり 黄色
深緑の眼

秋
天狗
赤青
こげ茶の眼

冬
狐
金銀黒
紅い眼

ほらあなに
住んで
色を食べ

だんだんと
その季節に
染まっていく

石は
透明になる
（ろ過できるから）

湖

けむたくうごめく
あなたの瞳

となりの私を
　見ないで

憔悴した太陽が
水とともに語りかける

風のなきごえに
呼応するコンクリート

集めた石の数だけ
　殺さないで

坂の上
音がリズムをかわして、
　暴れる

あかくあかく
くろくくろく

たまった石の数だけ
　殺さないで

知らぬ顔の
となりのポスト
飾られたままのほこり
あけられない
靴のカギ

どうか私を
殺してください

赤い家

小さな愛の片鱗が
八つ裂きにする

すまし顔の家具
雑然とした洗濯物
そのすべてに
あなたの香りが染みついて

小さな愛の片鱗が
同じパレットに
いるはずなのに

混ざりあえない
と、けむたく呟く
きくのはな
倒れたままのソファー

終わったこと？

小さな愛の片鱗に
憧れさえ覚えて

そのウロコの
ひとつにさえ
なれなくて

混ざりあえるのは
　別のさいぼう

小さな愛の片鱗に
　言葉の釘を刺し込み
　　冷淡な小槌が追いかけた

簡単に壊れてしまうの
　宝石が目をつたって
　　石化する

輝きを失って
　いやしさを得て

消えぬ傷が
奨励される
夏

足し算

じゅうし
　留めて
　　いつくしむ

ろくろの
　七輪
　　やおよろず

鳩の遺残
　遠く
　　いたいけな

頭

冷たい頭痛
　後ろ髪引く
目覚まし時計
　黒縁メガネ

一錠 二錠 三錠…

乾いた音の
　薬瓶
コップの中

お茶が目を
光らせる

ガラス淵が
歯に
流し込まれる
逃避

無感情のルーティーン

胃の中
暴れる
薬
液体と

混ざり合い
上へ 上へ
消え
死にゆくの
恐れるように

空気を
取り込み
食道の
階段
登る

毎朝の
格闘

横になり
応戦する
駆け出す
鼓動
畳み掛ける
耳鳴り

素知らぬ顔の
クーラー
残酷な
風あざみ

金魚

心地よい眠さに
　秋桜香る

遠く、遠く
　聞こえた季節

そう　まとうように
　落ちていく

本屋　靴屋　花屋

あの日みた悲しみは
　途切れず螺旋に絡まって
あの日みた喜びは
　つららのように突き刺さる
捨てられた幸福が
　嘲笑う水槽

薬瓶

ガラスで隔たれた世界
なかにいるのは
似た者同士

――どけ、どけ、どけ、

壊れそうな体を
ひしめき合い
ぶつかる

――一番になりたい
――もっと幸せになりたい

ガラスで隔たれた世界

隣の景色が良くみえて
欲が湧き出る日曜日

――こんなはずじゃなかった
――まだできる

背中を押すためのコトバは
いつしかおもりになって
淡々とのしかかり

我をツブす

ガラスで隔たれた世界

毎日、一度だけ屋根が開き
選ばれる先鋭は　すでに疲れきって
ガラスの向こう側に　浄化される

日

本当に夢じゃないの？

色のない毎日と
私とそっくり
のお人形

誰が動かしてるの？

内臓がひっくり
返る出来事に
闇とどうかする

灯りをつける
時なくて
怖がりを
踊り歩いた

なまぬるい
あたたかな
液体
私をつつむ
球体

知らずのうちに
とらわれ

食す

曇天

曇天の
器
水落ちて
アマツユクサ
華
咎める
隣の憂い
朝の呼気

梨の
皮くず
ヒイラギに
かたどる
浄化水の
滴り
君の涙と
同じ味
隠れた
苦味に

蹴落とされた
落雁《らくがん》

カマキリの
合唱が

過去を
復唱する

銀

カタルシスの鉄
　超合金

鉛の肉とさてつの草
　音を奏でる金あみたち

冷たく光る鋼の上に
　踊りだす水銀

分裂してひっかいて
　くっついて壊れていく

絡みだすニュートラル
引き裂かれる
中庸

拝復

不気味な紙　送り主はキミ
捨ててしまえばいいのに
引き出しから、ペーパーナイフを

ハイケイ………

真っ白な雪景色
赤文字が舞う
踊り狂う　ひらがな

鎮座する　カタカナ

溢れた左眼
手に落下しても 凝視

追うのを止められない

セミノカラ………

ああ そうか、 今、 夏だった
また今年もこの季節が

額と同居する　汗
張り付く　綿

涙が 涙が 涙が

疼く 親指

ワタシイヌヲカッテイルノヨ

なぜだ あの子は猫好きだ
趣味が変わったのか？

まさか
俺のいない間に

アイニイクワ

同封された写真
見知らぬ君 変わらぬ口
隣に佇む 真っ赤な菊
寄生虫だ

俺の 俺の 俺の証が

写真の裏
乾いた文字

コレガアナタノアカシヨ

パーティー

柔らかな机の上に
紫色のラインが
連なり、
そよ風と木の電車を
演出する
――スッ、スッ、スッ
紫色のラインの
多くは
見えなくて、
その存在さえも
消えかけている

ふくよかな光に照らされた
食パンは、
ピアノと打ち解けて
サイレンを
になう
――カン、カン、カン
丸い電車の中に
柔らかな机を
つめこんで、
罪びと達をおもてなし
おしゃべり声の上に、
見張るように
連なる
紫色のライン

日が
落ちる頃、
ソレは
色を変え
姿をあらわす
――ドッ、ドッ、ドッ
整列していた
ソレは縛られ麻から
解き放たれ、
次の
準備へ取りかかる
せわしなく
動き始めた
ソレは、

月が顔をだす頃に
丸い電車を
おおうように、
色とりどりの
灰を残し
この世
から
去った

祭り

礼拝と紙コップ
　人ごみに紛れた石畳

踏まれた数だけ
　あさぐろく

無邪気に飛び交う
　小銭パレード

赤鳥居の向こう側
　手を振る入道雲

鈴懸の祈りは
紙コップに入れて
明日まで持ち帰る

苔玉付きの屋台裏で
湿った雨が鼻につく

香ばしいリンゴアメ
扇子の光と調和する

踊り子たちの下駄音は
生温い明るさに
連れられていく

かぎられた扉
空虚が煮える
安直な鞄に
　押し込まれた
空

地球色

青白い混濁
石と草の青春が川上で対話する
苔玉のぬめりが私をいざなう
水面に浮かぶ木陰石
明後日の君は御影足
バイオリンの甘い音色が
空中で

パンの香ばしさと相まって

家族という
微笑みを映し出す

届きもしないそれに
手を伸ばす愚かな雑草

根と葉が分裂して
　石の上を駆けていく

冷たい明日の土
馬鹿にする砂利

どうだっていい なんだっていい

そこに少しでも
幸せのカケラがあるならば
と、根と葉が
分裂して駆けていく

足早に、足早に、

落ちそうな程の大きな夕焼けは
見下し顔でクスッと笑う

憔悴しきった雲たちは
駆けてくる葉を心待っている

白、青、緑、

早く、早くおいで

地球色

まくら

冷たい
頭痛
後ろ髪引く
淡い
まくらが
失った
ヤワさを剥ぐ

熱を
持った
それらは

鉛と化し
きょうき
に変わる

このまま
流されて
しまえば
どんなに気持ちのいいことか

それを
待っていたか
のように
じわり、じわり、
と引きずられる

その温かさは幻想です

まくらに
包まれた
耳元で
囁かれた
水音

このまま溶けてしまいたい

見えない
はこで
見えな

いワタシを
二度と影が
ないように
透明
にした

袖

さざなみだけが
それを静める

柔らかく
仮装した　ヤツは
あたかも
味方のように
それに寄りそう

投げ込まれた光が
波風にぶつかり

塩気を制す

トランペットの
音消しは
波間に入り
月日を浴びる

お気に入りの
曲をかけ
投げ込まれた光は
水中で　ヤツの
餌となる

夜、

それは消される
鉄を残して

沼人

逃げるように
身体
重ね

灰色の
景色を
楽しむ

必要性と価値
殺して

得た
安心感

ねっとりと
まとわる
寄生虫

求め
られた
のは
身体
ダケ

疎外された心

逃げるように
身体
壊し

暗黒の
バスタブに
浸かる

虚無感と動悸

幻
だけ
手

の中
空っぽ
の私

注が
れる
欲

逃げるように
逃げるように

快楽
に狂気
する

表面の
関係性
裏面《りめん》
はスカスカ

卑しく
弾む
ベッドで
解離
された
沼人

カケル

タバコの貝殻に、
昔を重ねては
キラキラとした
かけらが、
あの時のたよりでした。

忘れられないから、
集め、集め、
大事にとって
おいたのです。

タバコの貝殻は、
すぐにいなくなります。

そっと、そっと、
ポケットにつめこんで
野球少年の横を、
駆け抜けていきます。

芝生の青臭さと煌めきが
当たり前だった
あの時から、
タバコの貝殻に、
あなたを重ねています。

忘れられないから、

スカートにすぐついてしまうことも――

独特な苦味を覚えたことも――

青臭い町で、甘さを引き寄せる方法も――

初めての高揚も――

寛容植物

「ただいま」

柔らかい金音《かなおと》が
ドアノブに反射する

「お帰りなさい、お疲れ様」
そう言って笑顔で迎える君
少し疲れた笑顔の中に

「今朝の水は水道水？」と

急に固まる空気が、その重さを物語る

慌てて右手から鍵が逃げ出す

「ごめん、少し急いでて」

目の奥の笑わぬ笑顔
つり上がった口角は、その重さを物語る
「いいわね、外の世界は、天然水が頂けるから」
光を闇に変えてしまう君の言葉

後ずさりが遅すぎた

崩れた鍵を押しのけて

夜、活発になる君が
最初で最後の神水《しんすい》を
手にした途端

僕は生贄になった

眠る金魚

ひとみの裏の住人は、
今日もせわしなく写すんだ
真っ黒なキャンバスに
真っ黒な絵を

何枚も何枚も何枚も

誰にも見えないし、
　わかりもしない
でも見えるんだ、
　伝わるんだ

はかることのできない、
広すぎるキャンバスを
感じたくないほどの痛みを
助けを呼ぶこえを

ひとみの裏の住人に会う夜は、
飾りっ気のない服を着て
できればグレーが好ましい

白でも黒でもないグレー
灰色でもないグレー
鈍色でもないグレー

ひとみの裏の住人は、
語りかけるんだ

「どんなカタチを描くんだい？」
「どんなモノを使うんだい？」
「どんなアシタがいいんだい？」

口に出したって伝わらないし、
笑われるかバカにされる
そんな事をきいてくる

「願うだけで充分だ、 口になんか出すもんか」

その願いは明日、

ひとみの裏の住人の、
絵となって現れる

狐とお見合い

夜露降る春風のカオリに
　灰色のナミダがコボレた

シトシトシト
と

コボレおちるそれは
　光ること無く小鉢にタマリ
　　銀の匂いを含ませて

今日までの生きたアカシの

わたしを映す

なににも染まることのないそれは
　二等辺三角形の星空のカタスミで
　　春風に揺られてカオ変える

クイテ、オイテ
　クイテ、オイテ

手に入れたのだ、私は今

クイテ、オイテ
　クイテ、オイテ

引きずられるな
　手に入れたのだ

クイテ、オイテ

過去をイケニエに、手に入れるそれは
　同時にエグルらせんを描いて
　　アナを空けてしまった

また小鉢にタマるまで

クイテ、オイテ
　クイテ、オイテ

机上事態

この消しゴムでは
部屋隅の埃は消せない

触れるだけで
ボロボロと崩れ
九十九里の砂と、なってしまう

軽さだけが
取り柄だったそれらの
温度がふいて水、奪われる

側《はた》にいる
植木鉢の破裂音と
枝のたくらみが、千切れた紙を
黄から赤そして茶に落とす

似つかないそれは、
初めからそうであったかのように
染まり落ちてゆく

保たれていた水分は
ほとばしる影と
歯痒さの初夏の氷花に身擡げる
まあるく型どったこれは

重力とたゆたさのはざまで
無力を介し連結を得た

鉛筆削りを右回し、
右に回して
一、二でさらに駈込んで
とんがり帽子を作り出す

横切る風が
たったいま夜になった砂のにおいを
西から運ぶ

とんがり帽子は砂に埋もれ、
九十九里の養分になる

私の
罫線《けいせん》の引かれたランドセルは、
奪われた水分を取り戻し、
新たな色づきの仕度を始める

待ちくたびれた
鈴なりの色鉛筆は
目にカマキリをともらせて、
薄暗い空を取り込んでゆく

迷い

ブロンドの毛をタテに揺らして
白いタイルの上に立つ、
アナタのまつ毛に吸い込まれていく

ひとつひとつ、

強く伸びたものは
カメムシほどの危うさと
焚き木な気品がある

こんなにも 素敵なものだったのか

久しぶりのワタシは
かまう事ない驚きと
おぼつく懐かしさで

口の中に、亜熱帯と
熱中夜が同居した

こんなにも素敵なものだったのか

あまだれた心を
庭の井戸に押しつけて

静かに、静かに、

近づいて背をそっと手で触れる

触れてはいけないとわかっていても、
触れたくなってしまう、
アナタのよこ、うち、たて

この線を超えてしまったら…

そう考えるだけで、
見限る豊かさと
さめざめしい恐怖が共存し
さよならを飛び越えてしまう

終わりのないさよならの

餞《はなむけ》さえできやしない

この距離感がちょうどいいと、
ワタシに聴かせるアナタのまえは、
時としてそこに溺れてしまいたいほど、
妖艶だ

脳内でたくさんのワタシが
六月戦争と契約書への
サインをしている間、

アナタはスタスタといってしまう

怖さから逃げることも大事だと、

ワタシに教えてくれた、
誕生日

ガンジガラメ

ツタノハに負けたボクと
熱に打ち勝つキミは
なにが違うのだろう……

同じイロ、同じカタチ、同じココロ？

ボクとキミはいつから
こんなにも
遠く離れてしまったのだろう

キミはいつも足早で後ろも向かず

目をつむりながらボクから逃げる
華やかなキミのやわさを
ボクは知っている

薄いキレツのはいったキミを
一度折れたら立ち直れないキミを
ボクを見放したキミを
ボクは知っている

隣り合わせになったとき
ヨコに衝動が走った

ハリガネでかき回されるような
頭を引きちぎられるような
首をねじられるような

ボクは見たんだ

カケラだけカタチのない姿
コナゴナで元に戻ることのない姿
キミの本当の姿

よくがんばったね、
ボクはキミを
受け入れるよ

ボクはキミを
ずっと前から知っている

何人よ

これは強いんだ
これは強いんだ

寒さに耐えうるナツメヤシが
息こらさんと屈託のない影道をゆく様に

ただ恥じらいない落雁に届けようとも
知らぬの果てにカサ増し得たとて

またいうのだ

見たくないわけじゃない
消したいわけじゃない
溶け合いたいんだ

布地をたんとこしらえたアリの大名行列が
疎外された眩い不埒を鋳造し

またいうのだ

これは強いんだ
これは強いんだ

キミもそう思わないかい

ナツメヤシの羽ばたきが落雁に向かう時
弾き飛ばされたんだ、影道が

痛いんだ
刺さるんだ

共鳴しようとも、それは後になっていうのだ

文明とか進化とかそのせいなのか
原始人とか動物なのか（夜行性）

これは強いんだ
耐えられないんだ

これはふたつもつくるんだ
相対《あいたい》したキンメ鉢と思われる
類似した轟と思われる
相反した拡張と思われる

だから今日も文明を、避けて通った透けガラスをくぐらせて
立ち向かうのだ

味噌汁ほどのネギ男たち

ゆっくりさすらう表面張力の中、鋭利な選択を私はする
サディスティックな箸をM字に曲げて、
あたかも最初から膜があるように、やつれた安心感を漂わせるのだ
抱いてしまう前にたそがれの視姦とはにかんだ傍観者になって、楽しむのだ

その後、
運びようのない舌先を
分厚い二枚の貝殻にジワリとまとわりつかせ、絡め取る

奥歯が優しく抜けるくらいに
舌裏が感嘆を上げるくらいに
貝殻のまやかしを壊すように

目の渇きを奪ってから瞼を舐めたいんだ

左目玉を並々注いだ息でサハラにしたら
瞼のオアシスへ向かうのだ

両手は首筋、頸動脈のあたりに指先立ちて
うえ、した、
回る円をほがらかに描くのだ

私も少し生唾の火照りを感じる

首を締めて殺すのでなく、ただ左目玉を取り出して眺めるのだ
艶やかなそれを左手におき、
舐《ねぶ》って口の滑《ぬめ》りを奪い取り
舌から血がたぎるまで交わすのだ

0.01ミリの関係を盾にして、なるべくの視姦をしながら今日も、
天へ逝かせるのだ

松の獣

待ちくたびれた焼け跡が、
疼いて　疼いて
のたうち回る陰嚢を、はにかむようにきつく締め上げる
――イタイとコダマがイッている
細くたわわなそれを私の、上唇のギズ跡だけで膨らます
吹き通される渇きのない松を裂け目なく受けるそれに、下唇が応戦する
――イタイとコダマがイッている
裂け目なく放り込まれた松は、出口ない迷路を上へ上へと濡れさせる
陰嚢に挟まれたそれに堕落した酩酊を与え、ふしだらな誘いを吸わせる
――イタイとコダマがイッている
挟まれたそれは溢れんばかりの獣になり、私の上唇をはみ出す

開けることない小陰に松の獣が、うめき声をあげ迫る
まことしやかな小陰が偽りの上品ベールを脱いで、荒々しい素肌を見せた時
松の獣が押し入る
――イタイとコダマがイッている
――イタイとコダマがイッている

お手玉さん

オンオフ激しめ忘れるし
代わりばんこのお手玉さん

ジャグリングなんてご法度で
無知に相手にしませんよ

入れ替え方は知らないよ
でもね、いいの

じゃがいも描いて
たまにオリオン座になるけど、

変化球が得意だから許されるわ
みんなは服を毎日変えるでしょう?

私もそれとおんなじで、
お手玉さんをたくさん持って
明かりを見るたび衣装チェンジ

どれがくるかわからない
のが気分屋さんの摩擦で
たまに破けてしまうけど
魚の骨でお手当するの

ぱぱらっち

真っ逆さまのお日様が
緑に枯れて
タツノオトシゴ

ラクダの兄弟
はやかましく
赤色食べて
銀箔を目指す
夜更けかな

ハミルトンと

バトミントンと
クシャトリアと
クシャクシャと
ばばっちいと
バチバチは
健康だね

カスタネットと
右ラケットと
ラマダーンと
ハネムーンと
マニアックと
テクノポップは
不健康だね

そろそろ夜が明けますよ、
ニスを浴びるサーカスだ

嶺岡山地

アメンボ
パタパタとんでって
カラス
の隙間のドアならす

もうすぐ
新《あたらし》
をむかえるよ

小鳥
のライトで装飾し

カエル
のスピーカーでお祭りだ
黄緑色の人間は一斉に
規則正しく待っている

ゆったり身体を預けたら
新《あたらし》
はもうそろそろ覚ますよ

苔を纏った
神木が
祭典の始まりを知らせる

川も
虫も
花も
息を止めて迎えよう

壁タイル

溶け合った
色素と色素が　青になる

かいがいしさを
巻き戻し
いらっしゃいませ　黄土色

弾け飛んだ　赤が
暖簾をたたいて
コバルト　にきく
朱　はどこですか

発芽した　雲母《きら》は
唐紅　を頼りにゆくよ

さぁさぁ
お手を拝借して

マチルダへ
四季さいさいと
ぐるりんぱ

未遂

左後ろポッケにサバイバナイフ
はにこんでるるる

バンジーのふっといを
キリキリキリ

ちょっきんとはいかないね

足元が水色になる前に
ふっといに ダメージダメージ

おちちゃえ

かるいきもちの入水は
おもいあとのこし

ぬちゃっ、どかっ、べた、

ふふふっ。

校舎

世と湯がないよ、今まさに
ふくれたシワシワで、人混みつまり
空気入れかえしないと
インフルになるよ

まどは？　どあは？

ないのないの

感染拡大、大万歳
拍手喝采できるのは、

遠くからのボクだけだね
キミは破裂手前
こちょうらんをかかえて
逃走しても大丈夫にならないのを
知ってるのに、走るんだ

アナほしい？　入り口ほしい？

やだやだやだ

はじけ飛ぶんだ
それを胸に
その胸までさらに

ぱり

たる巻き人の
お仕事時間は
あけがた3時進むに

気泡の収集と
わだかまりお届け町

40センチとびだして
万華鏡をならしながら

フレンチブルドッグが
よく似合うシャツに

ネズミのズックで
護身建前銃

まるぼうずに
みがかれたサワーを
つめで金属

はっぽうさすらい
貴婦人に
見つかったら鬼だ

木の皮を食べて
やましさ
楽園中につき

透明

ペットボトル２ℓのお茶
ロのぞき 墓まいり

押しだされたそれら
きつつき

キャンドルのたれたろうと
こたつぶとんのカビ
うまのむれ

カカオマスのオレンジに

くぎをとかして サイ

ビスケットは
さんかく動物園

明かりを消したとたん
みんなよってくる

ハンカチのしわと
コンセントプラグは
まもるライオン

はなのしかへ

クリエ

曲線流行ニズム
ふきのとうがクラシックをわかせ
LEDあんどんどまり不埒
ワシクリ模倣されしラフラン
おにきすとターメリック派閥へ
鞠つきの話芸長尺瑠璃論
ヒナギクばかり浴びたへのへのに
奥様戯曲化

われし霊ことまゆごもり
たっとぶヤサに
ふつつかなシミかき

まちぼうけ

あ！
アイスコーヒー
こぼしたナポリ
しろいヤニ抜き
はばたけスニーカー
ローリエ失った
ふきんにため池かけて
はとぽっぽルチン
わっしょい参戦マソ（媽祖）
アガペーなんてあっかんべー
と、と、と、

となりに！
バニライスふせて
ほっとけないの
マジカルバナナめ
にっちもさっちも
古今東西
ふきんしん
カルツォーネ

疫病

夜明けとか月とかそんな言葉はもう、充分だわ

私がいま欲しているのは
赤子のような気品をもった遊女のような
何にも汚れていないどんな意味もない、生乳の言葉

光のヴェールにもシルクのオブラートにも包まれていない
それを目を閉じた途端受け取りたい

眉間に少し痛みが走り眉がはのじになったら
稲妻サイレンでほだされたい

高速道路

カマキリの羽を一枚クシャ、ノドの渇きはツツジでわだかまり
栗のみ足跡として残さんたどる先のつや消しに
針葉樹の葉だけ、通行手形こしらえて
頭上音響の阻まれたのちに、寄せどうふはあくまで流るる
手渡された鈴虫を首に祀って、坂下す

細胞分裂

たらい回しにされたゴミ箱に
湾曲した定規を差し込む
針山からしたたり落ちるそれを、
まとめ集め明日の飲料とす
変わったのは、
坂でもなく　窓でもないわ
ただ、止まったばかりの頃に置いてかれた風鈴が、
焼かれるの

浮かばない楕円なんて
これっぽっちも価値ないわ
重たいそれを毎日担ぎ、
適応めざし太陽下
憂鬱より深い言葉を今日も、
探しにいくわ

食卓

こっちおいでサラマンダー
たてつく焼印に
ぬかづけしたって始まっちゃう

レス気味に横になって
たち眩ませた柳橋は
遠い家計簿にふっかぶり
めいめい許す

浪曲の吹きこぼしに
つつけかしわ

ほろほろ多感に避けてゆく
したため

ふぃんらんど

射程圏内に収めた湯のみに
ふやかした靴ひもをたらす
たすけ？　ころし？　ぎぜん？

気ままなだけ

すがりつくものを頬張りながら
さざめく火の粉とミキシング
屋根思うこけし以下の乱舞を召し

手縫う求肥

もう一度、と睨む延べ棒に
香辛料をお供えし

ウジのわいた靴ひもを火鉢へこすりつけ
瞬く間の快《かい》とする

胞子

枠組みの中抜きん出たそれは
絹切れの敗退をつつみ湿らせろと
掴むばかりに
そちへ

野蛮な甘えにくるまれたそれを
とがらせ歯型とかす

なきおれのひなびしが発する栄華を
樹液のホラ貝にさらう

すばやく釘打ち
二酸化さえもでぬよう
蛇口をくわえ
酸素えるトカゲ火

n
o

浮遊力皆無のシワたちに
命令下す糸切りバサミ
先のやわさで引きちぎられ根幹まで

いっぽん、にほん、さんほん、

ぬかれるわずかな毛細や、
気泡ひるんだサンザシよ

不慣れにこぼしたビーカーと
めかけ糸の乱調は、夜想奪いの専属者

嗚呼、ひとくせなきますらおに
佳境の熾烈で釉薬《ゆうやく》はさみ
羸痩《るいそう》さする

冷風機

横三列、
プラスティックで区切られて
各個人、はくりょうはおなじ？
密接しあった奥行きに、
多大な野山を享受
すわれすいこまれ、はきだしすわれ
たっぷり回されながらあたる、

紛れの甘さ

下の小さな箱に、
柑橘やら花やら
詰め込んで
どもる甘さに色つけしよう

感触変化を常とする、
無灯火運転に
型破れない陶鉢は、
この夏だけの揺るぎなの

じわりとけた白濁が、
帰路へのいざなぎを宿す

ドアノブだけが
火照りをいやすお菓子

夜明け前のお遊びは、
区切られ常へ帰される

平行な湿度の雑じり気ない高さゆえ
それが許される

だて

人に追われしかんようびくう
止むことのない
　口運動が脳破壊

おなかがすいたー

息吐く目玉は反響をたずさえ
見間違えした
　サクソフォンの下剤で

だてに冷風機かまえて

ホラ吹いてないで

さめざめやられて
木星へ登記なんて
　たかくくって笑わせないで

苦肉の熱燗が沈殿
値切り戦法行きなさい

ガラス越し初対面

めを染まらすと極度にはね返し
それもなお鬱蒼とはぐらかす

右手を二層にほつれさせると
唯我にされた左手をかさね

裂け目に
ただれた追い討ちをかけ
シナジーを送りだす

あわれみの非対称さをもろともせず

讒訴《ざんそ》となりゆく様に
飼われる

剥き出されたふつつかな忍びを
穢れなき剥離と
八つ裂いた恥じらいにおしつけ

四隅はばからず
亜鉛のショールに手づかみで
目狂わせの華美マウス
払う小町と再結晶

涙のカイワレ

かきつばたを
籐の袱紗に巻き込んで
ゆったりまう鉄アレイを
ご祝儀

貨幣もみな我々鉄くず
ヤラセなしの舞台存在
意義なし

そそぐニルギリは憚《はばか》らず
たてつけに

ゆるんでいく

折りたたむ真っ向勝負は
三角巾に
真っ赤され

霊木のない野球場では
土さえ
動いてしまう

あけび

枝毛を
甲斐甲斐しく花束さそって
報われない贋造《がんぞう》へ凍らす

吐き散らかされた累乗に
八女の又聞きがエストらんと

乾燥した眼球さすれど
誤っておさまる棚時計に
孕まされたツケぞこは
叩きつける

四方《よも》に曲げられ
老い探す茎よ

種主《たねぬし》の在り処へ
喰わそうとも
列挙されし
肩側に筆入る余地は

ハクビシンやら
風車《かざぐるま》やら

夜雨に届いたツボミこそ
アカギに尊ばれし

ハンガー

色は所狭しとならぶ

規則にはめられ整列し、
周囲をうかがう

キレイなキミは前へ
不気味なキミは後ろへ

その規則が彼らのシルベとなる

なみなみと注がれた金属をあてがわれ、

木枠から外される色

ガラス板の前、外された色は
肌と重なりヤミとなる

紅色の顔で他色に投げかける

キミもこうなりたいかい？
ゆったり、
ゆったり肌と溶け合い
あざやかなヤミに染まる色

金属と引き換えに
肌のヌシと共になる時

色は儚くヤミに落ち
ヌシの中で輝きをたすく

ロウ

疑惑の二枚爪へ　やさぐれた　トニモリが
摩耗された年輪を　差し出す
不憫と爆薬や　連結される如く
鬱血ししみだれる
か弱い火柱に　面識のない　つくしが
当てもなく　使徒する

別れた爪皆々ら　水びたしの　籠へ
押し込まれ　こねられる
旧新はがされ　氷柱なる　乳白色
垂れたそれは　切られることなく

不憫へ濾され　火柱へと
昇華　する　のだろうか

焼き殺された　眩さだけ
刻まれた　輪は寝台と　化し
垢抜けぬ　鋳造を　共にす

ケム

まだらに広がる
煙が薬味ない昼を
下降する

抗菌済みのそれらは
ひしひしと下るのでなく
半ば娯楽のようにおちる

限りある立つ瀬に
無限な労働者は
ツタツタと
途方ありきで登る

真っ向から
フリーラウンジ
仮名だけふられた砂々へ

四つん這いになった太陽が
浮かぶ

選考された夜明りは
あてのない彼らを
塔としじょうかする

かまわず先へ
どうかそのまま

エスニックランタン

掻き回された　室　内　は
普段に増して
色　彩　暴　力
　で
飛び違う
反　射

　　　　　木、
　　ビン、
プラスティック、
　かみ、

バタバタ
　揺　れ　動　く
カラスのキャップは
　逸　脱
に浮いていて
目を引こうとす

ミ　ニ　マ　ム
な脱脂綿だけが
　平　常
に落ち着き払って
　静　観
するがその内情は

容易く
　弄　ら　れ　る
歪んだ　室　内　で
書き始めの
　箸　ら　は
積年の　主　をまって
　眠　り　に　つ　く

非常

白レース刺繍　は
お巡りさん　に
止められ　て
挨拶なしを
咎められ　る

黒々規制正しのハット　は
レースと合わさっ　て
艶やか　な
夜の景色へ
含まれてい　く

声色高め　て
曲線頼りの中
コンクリート
　は
レッドカーペット

朝代わり
　の
レッドカーペット

行方不毛　な
四車輪へ
身を任　せ

三色
　の
色彩信号へ
座ってゆ　く

ヒエラルキー

フィッシングな
赤い
車は
カマキリより
　下にいて
黄色い
一年カバンは
それより
　上だね
オレンジ
印刷の傘は

由々しき
武装された
黒
なんて
なんの意味もない
よと
甚だしい
紫
のガラス
がいう
見下された
ピンク
の爪先は
さよなら言わず

の
青
と合体し
見上げしよう
とするの
偽っては
だめよ、
身のまま
勝　負

おひる、ね。

ねむたさに
　おぼれてもいいから
まずいのは
　日光ちゅうしゃ

なーに、なーに
食うても
　かわすほんもう　よ！

つつましく
　こぼれてゆけ

ほら、
軽いのは
残　忍　本　家！

黒煙

寒い
という
感情について
考える
と

いかよ
うにも
幅をきかせて
ベートーヴェンが
でてくる

のだ
ヒッツ、ヒッツ

あやさ
れて
あたかもそれを
覆い隠すように
モーツァと
喧嘩腰車

やばんね！
おだまり！

道、さすれど

睡蓮透過　揺らぐカサ増しに
着こなす　昨夜のうつせ
嗚呼
冷まし湯に 不可思議に 鉄棒に
無礼よ格差
波消しコチ桐塑《とうそ》
彷徨う反射 鄙びしへと匿って
競わば哀願 安らぐ高層

吹き出物集めて

酸素つく宝石なんて
ましてこそれど北極海
写真 幻人 金切りと
　迫害目を

夕景無知　繋ぐ盃に
重ねとしたたか　穏和層
嗚呼

捲るヤジ 寝とるヤジ 戻すヤジ
　冷却つとまし

午後二時

いちりんざしの
　　帽子には
はくちょうちょ、
　　忌々虫
よせ集めた黒よ、
とんでる！
オーケストラな
　　噴水に
ヨックモック

サタンにしきを
　いたしましょうか

にじつくりの
　楽器隊
礼拝堂まで
　片思い

記念日

掘り進めた
木漏れ日は
コレクター気取りの
川にあう

まんまと探せ、
キクラゲよ

ふつふつ
コラって
這わせるな

頭でっかち
ホノルルに
傘貸し
マニラが
なそうとも

やりきれないの、初化粧

キリトリ

お疲れモード
降らされたビル
十一の影が
ニガリ消し

か　ま　え　か　ま　え　か　ま　え

パンク寸前親指の
そり返る先走りに
喉元着直す役満だ

さ　そ　さ　そ　さ　そ

泡食うイケズに
線香花火の鍵は
不貞におどり
はい、チーズ

きせつふう

雨宿りした
ペンケースは
隣をみて
　ほとばしる要
たくさんの
ミミズの集会が
今、
開かれようとしている
さなか
　何人かと目が合う

まって！
敵ではないよ！

込められたものは
そそくさと
　はじかれ取り囲む
がちゃりと
誰かが弾くメロディーに
　重ね着された縞模様
いただきにおされたペンケースは
孕ませたそれに
　傾倒せすとも
たよりない葦の木など
廃棄物処理待ちで

順に潤されていく
いまいま野蛮に甘えとて
安らかは
　こらさん

疑心

たすけてとか
くるしいとか
つらいとか
簡単にいえたら
どんなに楽だろう
頼ってほしい
言ってほしい
とか、
簡単にいうけど
口にできない、
そんなこと

わからないよ、
まったくもって
なに感じてるか、
どうしたいか
一体なんなのだろう、
自己
疑心

夜道

右
さすって、
右
向きに寝て
ぐるぐる
めぐる、
血を
垂れ流そう
とも

俄然、
樹液に勝てない
ね

アゴ外れの
並木道、
ヨイト
ヨイト

隙から見えた
金
と
銀

まって、
まってってば

置いてきぼり、
その速さ
ついて
けなくて

ははは
雲隠れ
の
偶像
ヒミツ
裏

休日

おっとおっと
はとぽっぽ

にわとり
さんたち
手のなる
方へ

ねこだまし！
くちくせよ！

こっけこっけ
アガッサに

しゃべり
ながら
はいるの
やめて

まやまや
気にせず
お買い物

あがって
ショコラッテ

お茶の
時間は
おそいのよ

議論

同質に含まれて
守られてる
決して
届かないけど
いつも異質

両性愛者だって
病気持ちだって
生きづらい人だって

世の中いるんだよ

目つぶって
授業されてたら
こっちはもたないわ

研究対象として
面白いのはわかるけど
割り切れない

馬鹿に
されてる気分

実験台のマウス
レールの敷かれた人生

送ってみたかったよ
本心じゃないけど

砂利道
這い上がって
周りに
順応している
見せかけの
道は
崩れやすく
怪我もしやすい

自分の道は

自分で
勝ち取る

赦し

幸せじゃなくて
いいから
一年で
三日
思いっきり
お皿を割って
いい日がほしい

人格否定されても
暴力されても
いいから

首絞められても
ガムテープで
塞がれても
紐で縛られても
いいから

この世に
存在しない
者として
扱われても
殺されても
何をされても
いいから

その三日
だけ
ほしい

廊下

死を芸術化し血しぶき雨、乞食に降らせ
昔教室でテスト中に舌を噛み切って
口の中に歯がゆさ、広がる
死を快感し永劫せすともこれきしのミルグラムのみ風船と化す
灰色の粋をまるめて仁王立ちたる喧しさに伐倒す
死を懇願し思い立とうとも発芽の夕暮れが
周到す、これきし

調理場

冷製なんて軽いわ
もっと分厚い斑らな

サスペンダーだって言っていた
熱中さながら、もがくんだって

ふやかしレトルト前ならえ
あまだれシスターこうならえ

気紛れマグは拒み調子で
つたってはなって釘トタン

いたり星人

コスモナポリタン
ポリス、フムス、
ハッカ油つついて
ナチョス、キュー
パスタモダンが
くる、くる、

ツユ

ストップ
やめて
低気圧

キミの
重さ、
重すぎ、
のしかかって

壊れて、
砕けて、

廃になって

仲良くなれないよ

逸脱してる
水を落として
緑たち
の味方
になって、
私たち
の主成分
になって

それでも

やっぱり、
痛いよ

好まないかな

その青さゆえ、
輝き
ゆえ

薔薇

薔薇花びら
一枚

千切って、
合わせて、
一捻って

粉々
それらの温かな
格式

纏まりを矢印
とせす、
ただ
澄みわたされた
海洋
つぶれた
蕾
見誤った
道化
を

華々しく
お祝い
する

コナゴナ、
コナゴナ

水滴

まーぜまぜ
フランチャイズを
まーぜまぜ

るっくるっくるっく
どなんかんさ、傘の柄
きょうちくとうって
あわただしい

あとがき

音として、色として、感覚としてのことば。言葉から元来の意味を剥ぎ取った時、なにが生まれるのか。乱雑に意味を剥いでしまうのも可能だが、漢字、平仮名、片仮名といったビジュアル面においても内包されている意味を柔らかく剥ぎたいと考えた。時に音に左右され、時に表面的に左右され、時に色に左右され。感覚だけで読まれた時、沈黙な存在でありたいと願う。

題字「ペトリコール」は、決して主役でも目立つわけでも主張しているわけでもないが、ゆえにそれに気づく鋭さや寄り添いと出会った時に、元来の自己の投影を秘めた存在だと私は考える。このような「日常の中の余裕さの脇役」あるいは、「雑踏の中で一定に時を刻む時計の歯車の1つ」でありながら深部に至る時、自己に溶け込んでゆくような詩集でありたいと願う。

出版に際しお骨折りくださった七月堂 知念さん、岡島さんには心から深謝申し上げます。

最後にこの詩集を手に取り、ここまで読んでくださって本当にありがとうございます。

No, 361

ペトリコール

二〇一七年一二月二〇日　発行

著　者　シエ

発行者　知念　明子
発行所　七　月　堂
〒一五六―〇〇四三　東京都世田谷区松原二―二六―六
電話　〇三―三三二五―五七一七
FAX　〇三―三三二五―五七三一
印　刷　タイヨー美術印刷
製　本　井関製本

ISBN 978-4-87944-307-6 C0092